AF260087

# LE
# SOMMEIL
# D'AMYNTHE.

Par Madame GUIBERT.

A AMSTERDAM,

*Et se trouve à Paris,*

Chez la Veuve DUCHESNE, Libraire, rue
Saint-Jacques, au Temple du Goût.



M. DCC. LXVIII.

# LE
# SOMMEIL
## *D'AMINTHE.*

C'EST au nom de l'Amour, puiſſant Dieu du Repos,
Que t'implore, en baillant, la trop ſenſible AMYNTHE,
Daigne entr'ouvrir tes yeux, entends ſa douce plainte;
Que ta main ſur ſa tête effeuille tes pavots,
Et qu'un Songe importun n'éveille point ſa crainte.

Sommeil qui ſoumets l'Univers,
Sommeil, pére des doux Menſonges,
Toi qui produis les heureux Songes,
Toi qui préſides à mes vers,
Je te dois ma reconnoiſſance.
L'eſclave heureux baiſe tes fers,
Il ſe-croit libre en ta puiſſance.
Ce feu qu'oſa ravir aux Dieux
Le fameux Chantre de la Thrace,
L'amour des neuf Sœurs pour Horace,
La valeur d'un Guerrier heureux,
L'encens qu'on reſpire à Cythere;
Tout le bien qui nous vient des Cieux,
Vaut-il le calme précieux
Que le Sommeil donne à la Terre?

Princes, Miniſtres, vos travaux
Sont faits par la main inviſible

A ij

De l'aimable Dieu du Repos ;
Qui peut valoir ce Dieu paisible ,
Qui peut valoir un prompt Sommeil ?
Par la fraîcheur d'un doux réveil
Il nous fait oublier nos maux.

Est-ce la brulante avarice ?
Est-ce la soif de la grandeur ?
La chimere du point d'honneur ,
Ou le choix honteux du caprice ?
Seroit-ce l'attrait des plaisirs,
La satiété des desirs,
Qui de si près touche le vice ?
Non , ton immobile bonté ,
Paisible ami de la Nature
Seule enfante la volupté ;
Le Sommeil , fard de la Beauté ,
Est le Dieu chéri d'Epicure ,
Et c'est dans sa tranquillité
Que la Candeur , la Probité
Puisent la Vertu la plus pure.

Non , le globe n'offre aux Mortels
Que des phénomenes futiles ,
Amour des Champs, espoir des Villes,
Toi seul mérite des autels.

A quoi bon ces Rochers & ces errantes Isles ?
D'immenses tourbillons entraînés dans les airs ,
Ces feux, ces fiers Volcans, vrais enfans des Enfers ;
Ils semblent concerter d'anéantir les âges.
Vois ces eaux ; ces vapeurs sortir du sein des Mers ,
S'unir aux minéraux & former des nuages ,
Le souffre , les métaux s'englober avec eux ,
Et bien-tôt s'enflammer & se fondre en orages ,
Des Tonnerres roulans... quel bruit majestueux !
Qu'eniens-je... ? Tout frémit, & la voute des Cieux
Vient de lancer l'éclair, il précéde la foudre ,
Elle éclate, elle tombe, & tout va se dissoudre.

Mais quel espoir succede ? Approche doux Sommeil,
Mes sens vont se calmer, un jour doux me rassure,
Crépuscule formé de l'ombre & du Soleil,
De ton mixte doré nait une clarté pure ;
Je goûte le repos, agréable Sommeil,
Ce que j'aime est absent, éloigne mon réveil.
Au travers du rideau pourpré de mes paupieres
  Je vois une tendre lumiere
  Qui m'offre la tranquillité,
  Que procure un beau soir d'Été :
  Doux Sommeil, je me sens renaître,
  Et dans ce paisible moment,
  J'éprouve un doux frémissement
  Qui semble engourdir tout mon être.

  Sommeil profond, ton influence
  Coule dans mes os amollis ;
  Mais si mes sens sont affoiblis,
  Il me reste assez de puissance
  Pour jouir de mon existence.

  De l'aimable Dieu que je peins,
  Qui n'adoreroit point les charmes ?
  Jamais il ne se servit d'armes
  Pour soumettre tous les destins ;
  Jamais il ne couta de larmes
  Pour endormir tous les humains.
  Le Soleil a brûlé la Terre,
  La Nuit couvre tout l'Hémisphere,
  Le Berger revient au Hameau,
  Et, près de sa jeune Bergere,
  Il se croit un homme nouveau,
  Ils s'endorment sur la fougere.

Je tombe, doux Sommeil, & je suis dans tes bras,
Ta main vient de baisser ma paisible paupiere,
Mon Amant est absent, je ne suis point ses pas ;
Mais jusqu'à son retour je veux fuir la lumiere.
A iij

Dieu dormant, ombre du bonheur ;
Valmont part, je ne puis le suivre,
De tes pavots fais que l'odeur
Enchaîne mes sens & m'enivre.

Tu pars jeune guerrier ! mais non ! mon cher Amant,
Tu ne me quittes point, dans le Royaume sombre,
Ton ame erre avec moi, c'est toi, j'y vois ton ombre,
J'y respire avec elle un charme assoupissant ;
Elle me fait chérir ma douce rêverie,
Et je sens par un tact, produit du sentiment,
Mes doigts avec les tiens enlassés mollement ;
Que ne puis je dormir ainsi toute ma vie !
A l'aide de ton bras je marche d'un pas lent,
Vers un antre profond dont l'épais atmosphere
Semble, en éclipsant tout, arrondir une terre.

C'est vers le Palais du Sommeil,
Près du païs des Amazones,
Où le lieu qui coupe les Zones
Semble respecté du Soleil :
Au centre des Zones brûlées,
Cet astre dissout les nuées,
Et donne une aimable fraîcheur
Qui fait l'espoir du Voyageur.

Il n'est point là de Somnambule ;
Jamais de guerre, point de Bulle,
L'esprit n'y forme aucun projet,
Le Sceptique est le vrai sujet
De cette puissance assoupie,
Vouloir la Nature endormie,
Est son plus agréable objet,
Et toute sa Philosophie.
Le Fleuve avec égalité
Y fournit sa lente carriere,
La Lune que Phébus éclaire
Y donne sa pâle clarté.

Dans un vallon formé par deux hautes montagnes ;
La grandeur sommeillante a bâti son Palais :
Là les rayons du jour ne pénetrent jamais,
Une éternelle Nuit le dérobe aux campagnes.
    Il est voûté de marbre noir,
    Le crystal enrichit son voile,
    Et l'œil entr'ouvert croit y voir
    Lentement filer une étoile.

    C'est là, mon cher Valmont, c'est dans ce sombre
      lieu,
Que le maître des Nuits fixe sa résidence,
Le noir luisant du geay pare le lit du Dieu,
A ses pieds est écrit avec des traits de feu :

    Ci GIT SON INDOLENCE.

    On voit à ses côtés le Repos, le Silence,
Ils dorment embrassés par la Fare & Chaulieu,
Tous ensemble penchés sur des couches d'ébène ;
Ils soupirent des vers heureux & naturels,
Le bruit égal & doux que forme leur haleine,
Est le seul chant joyeux qu'on entende aux autels ;
Il endort dans ces lieux tous les heureux mortels.

    On voit près des sujets de la bonté dormante,
Des Songes bienfaisans qui les couvrent de fleurs,
Un Génie allumant une herbe assoupissante,
Parfume le Palais de somnifere odeur.

    Sous les rayons courbés d'une foible lumiere
La couleur favorable & tranquille du verd
Couvre un épais rideau seulement entr'ouvert,
Qui laisse appercevoir ce grand Dieu du mystere,
Par sa face rosine il embellit ce lieu.
Dans la chaleur du jour ce n'est qu'auprès du Dieu,
Tendre & galant Zéphir, que par fois tu reposes.
Tu souffles doucement sur sa face de roses.
                A iv

8

Que j'aime, ô grand Sommeil ! à voir non-chalam-
    ment
Ta tête s'élever, retomber doucement !
Que mon âme est charmée ! Ah ! ta douce mollesse
Est propre à conserver à mon sensible Amant
Mon cœur tendre & naïf, ma tranquille tendresse ;
Chere Ombre de Valmont, adorons-le sans cesse.

Un Songe offre au Sommeil un fluide aliment,
Dont le lait & l'amende unis au restaurent,
Soutiennent l'embonpoint sans lui donner de peine ;
Manger pour un Dormeur est une énorme gêne.

Morphée est Fils, Ministre & bon ami du Dieu,
Pour les Rois, les Héros, il peut quitter ce lieu,
Mais il doit aux Amans son tendre ministere.
Il me voit, tend les bras, baille & soutient son pere ;
Peut-être ce récit paroîtra fabuleux,
Mais mon rêve est trop vrai, je n'en fais point mystere,
J'en donne pour témoins & mon cœur & mes yeux ;
Dans mon sombre plaisir je m'approchai des Dieux,
    Et proférai cette priere
    Au pied du trône ténébreux :


    » Sommeil, doux Médecin des peines,
    » Que ton agréable vapeur
    » Coule dans mes yeux, dans mes veines,
    » Assoupis l'Amour dans mon cœur.
    » Un Amant que je n'ose suivre
    » Cause la rigueur de mon sort,
    » Tu n'es que l'ombre de la Mort,
    » Je veux dormir, car je veux vivre.
    » En amour les défunts ont tort.
    » Je sais trop qu'une fin tragique
    » Accompagne le désespoir ;
    » Souffrir est bien plus héroïque,
    » On n'est fou qu'en perdant l'espoir.

» Oui, cette lâche frenéfie
» Eſt l'effet d'une âme affoiblie
» Que ta fage immobilité
» Condamne à cette extrémité
» Par une cruelle infomnie.
A peine avois-je dit, que je cherche Valmont,
Je l'apperçois encor ; mais Dieux ! fon ombre paſſe,
Sous un nuage épais, comme un fonge il s'efface,
Lors mon fang tout de feu monte & rougit mon front.
Nos âmes, tendre ami, ne dorment plus enfemble,
Ah ! Morphée, il me quitte, eſt-ce donc pour jamais?
Mais que vois-je… Valmont… Morphée, il te reſſemble,
C'eſt fon front vertueux, & fon air & fes traits.

 Fils du Sommeil, divin Morphée,
 Jeune Dieu ne me quittes pas,
 Je dors de douleur dans tes bras,
 Jufqu'à ce que la Renommée
 Sonne le fommeil du Dieu Mars.

Sage & tendre Morphée, un facré caractere
T'imprime le pouvoir de fervir les Mortels ;
Unis tes vœux aux miens, conte à ton divin pere
Comme mon cher Valmont eſt parti pour la guerre,
Tandis que je m'endors aux pieds de tes Autels.

 Lors montrant fa face vermeille,
 Le Dieu bon, le Dieu fommeillant
 S'étend & fourit en baillant,
 Et prefque à demi fe réveille.
 Morphée auprès de fon oreille
 Fait ce récit en bourdonnant.

Comme il parloit fort bas on l'entendoit fans peine,
D'un ton fombre & diftinct, il prononça ces mots :
Son Amant eſt abfent, elle pleure un Héros,
 Il n'eſt que fimple Capitaine,
 Mais être fils de fes travaux
 Eſt la gloire la plus certaine,
Quoi qu'il eût des ayeux nobles, hommes de cœur,
Il fait orner fon nom de fa propre valeur,
Son cœur lui fait chérir cette gloire plus vraie,

Mon Héros pour fon Roi confacre avec ardeur
Sa fortune, fes jours, néglige la faveur,
　　Le Soldat marche pour la paie,
　　Le Héros marche pour l'honneur.
Valmont eft un Héros, il eft libre, il commande,
Le fier Mars & Vénus pour former fa guirlande,
Avec un jeune Mirthe ont greffé le Laurier,
　　Et Pallas, Déeffe du Sage,
　　A gravé fur fon Bouclier :
　　D'un Soldat il a le courage,
　　Et la valeur d'un Chevalier.
　　Près de la beauté qui l'engage
　　Il ne defire être vainqueur,
　　Que pour lui conferver l'hommage
　　Que l'amour doit à la pudeur.
　Tu pars, jeune Valmont, va défendre la France,
Fidele àton Amynthe & fenfible au retour,
Pour prix de tes travaux, pour prix de ta conftance,
Près d'un Monarque aimé tu trouveras un jour,
Le repos, un ruban, la fortune & l'amour.
Partez jeunes guerriers, Vénus répand des larmes,
　　Mais Vénus aime le Dieu Mars,
　　Et Vénus vous ceint de vos armes.
La trompette guerriere a peuplé les remparts,
Les bombes, les canons fuivent les étendards.
　　Valmont ne connoit point la crainte,
　　L'ennemi tombe fous fes coups,
　　Il veut vaincre, fidelle Amynthe,
　　Pour être plus digne de vous.
　Il difoit... J'interromps, & ma parole brève,
Annonce aux Dieux qu'un Songe agite mes efprits,
Les fecouffes des fens les ont enfevelis,
Et lors penfant tout haut, j'exprime ainfi mon rêve.
La Terre a triomphé, les hommes font en paix,
Et le tendre Valmont m'eft rendu pour jamais ;
Les freres font unis, les Cités font tranquilles,
Le globe eft tout couvert de Philofophes Rois,
Qui chez tous les humains, comme chez leurs fujets,

Ne voient que fléaux & que guerres civiles,
Et renoncent pour eux à de fanglans exploits.
Que vois-je ! quel rayon vient de frapper ma vue ?
        Mon âme erre dans l'étendue,
        Il m'a femblé revoir le jour ;
        C'eft Valmont..: que je fuis émue !
        Il tient le flambeau de l'Amour.
        Doux Sommeil, mon âme affoupie
        Croit enfin toucher le bonheur.
        Ah ! s'il n'eft qu'un fonge trompeur,
        Fais que je refte anéantie.
    O Déeffe furtive, aimable vérité,
Si c'eft toi que je vois, ma Déeffe chérie,
Souleve le rideau de la réalité,
Le retour de Valmont va ranimer ma vie.
O Valmont, mon Amant, par un heureux réveil
Viens dégager mon cœur des vapeurs du fommeil.
    Tu ne te trompes point, dit Valmont, vois l'Aurore,
Vois-moi, tends-moi la main, Dormeufe que j'adore,
        Vois ton Amant toujours charmé,
        Ton Songe n'eft point un preftige,
        Viens Amynthe, tout eft calmé,
        L'amour opere ce prodige,
        Le Héros ne veut qu'être aimé.
        Les Rois, les belles nous couronnent ;
        Nous fommes des mortels heureux,
        Nous aurons plus que nos neveux ;
        La gloire que les hafards donnent,
        Celle d'avoir vaincu pour eux.
        Morphée écoute, il eft fenfible ;
Oui Morphée attendri partage nos foupirs,
Il nous fuivra toujours pour combler nos defirs,
En fixant près de nous fur fon aîle fléxible
L'effain trop inconftant des innocens plaifirs.
Sommeil ouvre les yeux daigne voir une Amante
Qui te doit fon repos, qui te doit fon bonheur,
        Tu dois au moins cette faveur
        A fon âme reconnoiffante.

Un mouvement de tête annonce qu'il entend;
Il vouloit s'agiter, il retombe à l'inftant;
Il fe rendort, Valmont s'écrie; ah! chere Amynthe!
Quoi! tu veux prolonger ma cruelle contrainte?
Sortons, va, laiffe-lui le plaifir de dormir;
S'il te voyoi, peut-être il voudroit te ravir.
Trop délicat Amant, fois fûr de ma conftance:
Je préfere Valmont au grand Dieu du Sommeil.
Le réveil de l'Amour eft un charmant réveil,
C'eft paffer du néant à la douce exiftence.
  Quittons ce Monarque affoupi,
  Marche, je te fuis tendre ami,
  Jouiffons à cet heureux âge
  Où l'Amour eft heureux & fage,
  Lui fiéroit-il d'être endormi?
Ah! tu combles mes vœux, un aimable délire
Trace dans tes beaux yeux les progrès du réveil;
Mais que vois-je! ta bouche exprime un doux fourire,
Le fouris de l'Amour, mais c'eft dans fon fommeil.
Amynthe, éveille-toi, le fomnifere Empire
Pourroit-il égaler ton Amant qui foupire?
L'Aurore en nous guidant nous annonce un beau jour,
Elle répand fur nous & le Chypre & la Rofe,
Tout en notre faveur, Amynthe, fe difpofe,
Amynthe, allons enfemble au Temple de l'Amour,
Il veut nous rendre heureux vivons fous fes aufpices.
 Oui, je quitte pour toi le tranquille féjour,
Offrons-lui, cher Valmont, nos cœurs en facrifices.
Il a bleffé le mien avec un trait doré;
» Sois vaincue, a-t-il dit, & revois la lumiere,
» Revois à ton réveil un Amant adoré,
» C'eft le plus beau Soleil d'une Amante fincere.
Oui je céde, Valmont, l'aimable Dieu des cœurs
Couronne les vaincus comme Mars les vainqueurs.